Marie Décary

Le bon roi Adam

Illustrations
de Steve Beshwaty

Les éditions de la courte échelle inc.

Les éditions de la courte échelle inc.
5243, boul. Saint-Laurent
Montréal (Québec) H2T 1S4

Conception graphique de la couverture:
Elastik

Conception graphique de l'intérieur:
Derome design inc.

Mise en pages:
Mardigrafe inc.

Révision des textes:
Sophie Sainte-Marie

Dépôt légal, 1er trimestre 2002
Bibliothèque nationale du Québec

La courte échelle reconnaît l'aide financière du gouvernement du Canada par l'entremise du Programme d'aide au développement de l'industrie de l'édition pour ses activités d'édition. La courte échelle est aussi inscrite au programme de subvention globale du Conseil des Arts du Canada et reçoit l'appui du gouvernement du Québec par l'intermédiaire de la SODEC.

La courte échelle bénéficie également du Programme de crédit d'impôt pour l'édition de livres — Gestion SODEC — du gouvernement du Québec.

Données de catalogage avant publication (Canada)

Décary, Marie

Le bon roi Adam

(Premier Roman; PR119)

ISBN 2-89021-534-2

I. Beshwaty, Steve. II. Titre. III. Collection.

PS8557.E235B66 2002 jC843'.54 C2002-940014-7
PS9557.E235B66 2002
PZ23.D42Bo 2002

Marie Décary

Marie Décary est une passionnée, et tout ce qui touche les arts l'intéresse. Après des études en lettres et en communication, elle a travaillé tour à tour comme recherchiste, journaliste, cinéaste, réalisatrice à l'ONF et romancière. Comme elle aime beaucoup la musique, elle a déjà réalisé quelques vidéos d'art inspirées par les oeuvres de compositeurs contemporains. Elle est également l'auteure d'un conte musical, qui a remporté le prix Opus 2000 décerné par le Conseil québécois de la musique. Certains de ses romans ont été traduits en chinois et en espagnol.

Marie raffole de la cuisine orientale, surtout vietnamienne, et elle sait préparer les rouleaux de printemps. Elle adore lire et voyager. De plus, elle espère vivre jusqu'à cent cinquante ans pour avoir le temps d'apprendre à parler toutes les langues du monde.

Steve Beshwaty

Né à Montréal, Steve Beshwaty a étudié en graphisme. Depuis, on a pu voir ses illustrations dans différents magazines et sur des affiches. Il illustre aussi des livres pour les jeunes et il adore ça.

Steve Beshwaty aime beaucoup la musique, les marionnettes et le cinéma, et aussi les animaux, mais surtout les chats. *Le bon roi Adam* est le quatrième roman qu'il illustre à la courte échelle.

De la même auteure, à la courte échelle

Collection Premier Roman

Série Adam:

Une semaine de rêves
Un vrai Chevalier n'a peur de rien
Un amour de Caramela

Collection Roman Jeunesse

Amour, réglisse et chocolat
Au pays des toucans marrants

Collection Roman+

L'incroyable Destinée
Nuisance Publik
Rendez-vous sur Planète Terre

Marie Décary

Le bon roi Adam

Illustrations
de Steve Beshwaty

la courte échelle

À Loïc et à ses parents,
Michel et Céline,
qui sont aussi mes amis!

Merci à Sophie,
pour la patate frite!

1
Vive le concours!

Aujourd'hui, c'est le premier jour du printemps. Pourtant, dehors, tout est gris. Le terrain de jeux est trempé comme une éponge. Et, chez les Chevalier, c'est l'heure des devoirs.

Le nez dans son cahier, Adam essaie de composer un texte de dix mots. La vérité: il n'a pas encore tracé une seule lettre sur la feuille lignée.

Encerclée par une montagne de papiers, Annie, la maman d'Adam, apprend ses leçons. C'est normal! Depuis janvier, elle suit des cours de cinéma à l'université.

De son côté, papa Alex examine les comptes à payer. C'est sûrement épuisant! Il n'arrête pas de s'essuyer le front.

Bref, la table de cuisine déborde de partout. Soudain, à dix-sept heures précises, Adam, Alex et Annie poussent un long soupir.

Ouf! Il faudrait un événement extraordinaire pour égayer ce pauvre jeudi. Souriez si vous voulez, c'est justement ce qui va arriver.

Premier indice: ce sera bientôt le congé de Pâques.

— Quatre jours de liberté, ça nous fera du bien, c'est certain! confesse Alex.

Deuxième indice: à ces mots, Annie paraît ragaillardie. C'est à croire qu'elle vient d'avoir une idée de génie.

Sans plus tarder, elle attrape son sac d'étudiante. À force de fouiller dedans, elle en sort un dépliant.

Le papa d'Adam a l'air content d'abandonner ses factures et ses calculs compliqués. Il saisit le document en question et le lit à toute vitesse en marmonnant:

— Manamanamana... invitation spéciale. Manamana... Participez en grand nombre... Manamana... Concours de vidéos...

Troisième indice: Adam ne retient qu'un seul mot. Tout à coup, un grand sourire apparaît sous son nez retroussé.

— Un concours? répète-t-il.

À partir de ce moment, tout se déroule en accéléré.

Se tortillant sur sa chaise, Adam lance:

— C'est facile! Pour participer, on a besoin de la petite caméra de maman. Puis de l'ordinateur de papa pour assembler les images avec un peu de musique.

Annie adresse un clin d'oeil complice à Adam et elle ajoute:

— Mais d'abord, il faut une histoire...

Adam n'a pas besoin de se creuser le cerveau bien longtemps. Voici ce qu'il invente sur-le-champ:

— Il était une fois un roi. Un bon roi que tout le monde aimait parce qu'il était blond.

— Ensuite? réclame Alex, intéressé.

Adam poursuit en racontant

que le roi vit dans un beau château, avec un dragon apprivoisé.

— Ça se passe dans l'ancien temps. À l'époque des chevaliers, précise-t-il.

— Ah! L'époque des Chevalier, c'est très inspirant, avoue le papa d'Adam.

Mine de rien, Alex dessine les contours d'un château sur le dos d'une enveloppe.

— Monsieur le roi serait-il content d'habiter une demeure comme celle-ci?

À voir les yeux pétillants de ses parents, Adam comprend qu'une nouvelle aventure l'attend. Youpi! Alex et Annie jouent le jeu. Mieux! Ils veulent participer au concours.

— C'est décidé. Pendant le

congé, nous allons transformer la maison en décor de cinéma, annonce sa maman.

— Oui! Oui! Oui! scande Adam.

2
Un jeu sérieux!

Jouer au cinéma, c'est sérieux. Mais ça n'empêche personne de s'amuser. Il suffit de descendre au sous-sol pour le constater!

Assis au milieu de ses cubes multicolores, Adam est en pleins travaux de construction. Il ne lui reste qu'à poser un cône sur un cylindre. Voilà!

— J'ai terminé! dit-il en admirant sa maquette qui couvre une partie du plancher.

Sur le tapis roulé en forme de colline, tout est là. Le château avec ses créneaux, ses tours pointues et son donjon. Et autour, de minuscules maisons.

Bien entendu, ce royaume miniature servira d'image d'ouverture. Comme si on entrevoyait le domaine du bon roi de très loin.

— J'ai trouvé! déclare à son tour la maman d'Adam.

La tête enfouie dans un énorme panier d'osier, Annie en retire une couronne de carton. Et aussi des vêtements qui ont appartenu à Alex, il y a longtemps.

Elle tend à Adam une robe de chambre rayée, une chemise en tissu satiné et des pantoufles de velours.

— C'est quoi? demande-t-il.

— Tout ce qu'il faut pour confectionner un costume royal.

— Et le dragon?

— Ah! Ça, c'est mon affaire! annonce Alex, tout fier.

Dans le débarras situé sous l'escalier, le papa d'Adam a déniché deux vieux appareils ménagers.

— Voici une tête... indique-t-il à son fils.

Là-dessus, Alex saisit une ancienne cafetière. Pour la

camoufler, il choisit une cagoule à moitié détricotée.

— Et un corps... poursuit-il en désignant un aspirateur fatigué.

Alex attrape le dévoreur de poussière et recouvre les roulettes de palmes de plongée usagées.

Adam est fasciné. Ce n'est pas tous les jours qu'un animal fabuleux se compose sous ses yeux.

— Prêt pour une démonstration? propose Alex.

Oh là là! Une fois branché et bien réchauffé, le dragon se met à vibrer, à siffler puis à crachoter de la fumée. Il gronde et tressaute en secouant le long tuyau qui lui sert de queue.

Même si tout est bricolé, on jurerait que c'est vrai. Quel merveilleux monstre! Quel magnifique tapage!

— Ça y est! Le tour est joué! conclut le papa d'Adam.

Oui, demain, c'est parti: silence, on tourne…

Mais, pour l'instant, chut! Adam doit se coucher.

* * *

Quand le soleil se lève sur la banlieue, la maison des Chevalier paraît complètement transformée. Des fanions, des lumières et des guirlandes décorent le balcon. La porte d'entrée est recouverte de papier doré. Quelle attraction!

Adam est tellement excité qu'il souhaiterait l'annoncer au monde entier. Ou, au moins, à ses deux voisins de la rue Des-Trois-Maisons.

Tiens! C'est Kim Nguyen qui se pointe la première en chantonnant.

— C'est ta fête? questionne la jeune beauté aux yeux bridés.

— Mieux que ça! Je fais du cinéma, annonce Adam.

Bien sûr, il est tout fier d'ajouter que sa maman sera derrière la caméra. Que son papa dirigera le tournage en criant: «Silence! Action! Coupez!» Et, enfin, que c'est lui, la vedette.

— Je veux voir comment vous faites. Dis oui! supplie Kim.

Kim tourbillonne autour d'Adam. Lorsqu'elle s'arrête, tout étourdie, Samuel Tremblay apparaît à ses côtés.

— C'est vrai, tu devrais nous montrer! réclame-t-il à son tour.

Adam doit presque se tordre le cou pour regarder son deuxième voisin. Et pour cause… Samuel est un grand de huit ans, aussi fort qu'un géant. Heureusement, il n'est pas méchant.

Le problème, c'est qu'il ne contrôle pas toujours ses grands pieds.

Peu importe! Pour l'instant, Adam doit prouver qu'il est un bon roi.

— Je vous invite pour une visite guidée, propose-t-il.

Kim et Samuel n'ont pas besoin de se faire prier. Ils se précipitent avec Adam dans la maison.

Attention! Il va y avoir de l'action!

3
Action!

De sa voix de souris, Kim pousse un seul cri et reste figée comme une poupée.

C'était à prévoir: en descendant au sous-sol, Samuel a raté la dernière marche. Un de ses grands pieds a glissé sur un cube qui traînait sur le plancher.

Le géant a penché d'un côté et a failli basculer sur le dragon. Puis il a reculé en titubant pour éviter la caméra. Finalement, catastrophe! Il s'est écrasé sur la fameuse maquette d'Adam.

Les ponts, les passerelles, les tourelles: tout s'est écroulé en

un instant. Des heures et des heures de travail se sont envolées. Résultat: le royaume est en ruine.

— Ah non! s'écrie Adam.

Le roi n'est pas content. Une grande colère, semblable à un tremblement de terre, envahit son coeur. Une colère qui réchauffe autant que la fièvre. Une colère à faire éclater un orage et à pleurer de rage.

— Qu'est-ce qui se passe? interrogent Alex et Annie en arrivant sur les lieux de l'accident.

— C'est lui! Il a tout démoli, lance Adam en montrant du doigt son voisin.

Étendu sur les cubes éparpillés, le costaud a terriblement l'air penaud.

— Je m'excuse. Je n'ai pas fait exprès, murmure-t-il.

Le plus surprenant, c'est que la maman d'Adam n'est pas fâchée. Ni même découragée.

— Voyons, mon roi chéri, ton royaume n'a pas disparu. Je l'ai filmé en me levant ce matin!

Adam essuie la grosse larme qui lui pend au bout du nez. Il est à moitié consolé d'apprendre que les images sont en sécurité dans le ventre de la caméra. Et encore plus étonné d'entendre sa maman déclarer:

— L'important, c'est de continuer.

— C'est simple! Tu n'as qu'à revoir ton scénario, suggère Alex.

Cette fois, Sa Majesté Adam prend son rôle au sérieux.

— Je veux que Samuel reste en punition pour l'éternité, proclame-t-il.

À la grande surprise du roi, le gigantesque voisin se relève d'un seul bond.

— Adam a raison. Dans une bonne histoire, il y a toujours un méchant. Alors, je serai le géant Katapult.

Pour démontrer ses talents, Samuel déjoue ses adversaires invisibles en criant:

— Kapouigne! Kazow! Ping! Pang! Pow!

C'est évident: le géant est prêt à n'importe quoi pour se retrouver devant la caméra. À son tour, Kim se met à gazouiller pour ne pas être oubliée:

— *La, la, la. Do, do, do. Mi, mi.* Moi, je suis Kimono. La fée qui sait chanter.

Le dos tourné, Adam s'efforce de les ignorer. Impossible! Kim et Samuel sont trop bons comédiens! Et puis, n'est-il pas vrai qu'un roi doit aimer ses voisins? Surtout lorsqu'il n'en a que deux? Bref, Adam doit négocier:

— Si le géant habite le royaume écrabouillé... Euh... Il est tout seul et n'a rien à manger.

Loin d'être choqué, Samuel profite de l'occasion pour en rajouter:

— Oui, et Katapult finit par s'ennuyer. Un jour qu'il a faim, très, très faim, il enlève la fée. Kimono devient sa prisonnière, sa chansonnière et aussi sa cuisinière.

— Non! proteste Kim. Moi, je serai délivrée par le roi. C'est lui qui réussira à vaincre le dragon et le géant.

Hum! À force d'y penser, Adam trouve que c'est une excellente idée. Quelle belle occasion de prouver qu'il est le véritable héros!

— J'accepte!

— Bon. Nous allons passer un contrat, exige Alex.

En vrai réalisateur, le papa d'Adam réunit ses futurs acteurs.

Les règles ne sont pas compliquées, mais il faut les respecter.

— Un: dans un faux combat, il faut faire comme si. Deux: les vrais coups ne sont pas permis. Trois: personne n'a le droit d'approcher le dragon électrique à moins d'un mètre. Compris?

— Ouiiiii! hurlent Kim et Samuel.

— Si vos parents sont d'accord, vous pouvez revenir cet après-midi. N'est-ce pas, mon roi? demande Annie.

4
Gros plan sur Adam

— Maintenant, silence! Nous allons faire une prise! annonce le papa d'Adam.

Planté au milieu du décor, Samuel met son capuchon.

Il soulève son sac à dos qui pèse au moins dix kilos. Il le dépose sur ses épaules comme s'il s'agissait d'un sac de croustilles. Puis, tel un vrai combattant, il déclare en prenant une grosse voix:

— Alors, mon petit roi, il paraît que tu désires affronter le terrible dragon qui garde mon royaume?

Adam cale sa couronne sur ses cheveux blonds et répond avec aplomb:

— Affronter le dragon? C'est un jeu d'enfant pour moi. Je suis le roi.

Cette formule à peine prononcée, Adam oublie la caméra, le sous-sol et le décor fabriqué.

Il a alors l'impression d'être catapulté dans une autre époque. Il y a longtemps, très longtemps. Lorsqu'il n'y avait ni téléphone, ni ordinateur, ni même d'aspirateur recyclé.

Autour de lui, la forêt enchantée qu'Annie a dessinée sur des panneaux de papier s'anime.

— Fais attention! Le dragon est caché derrière le sofa, prévient la fée.

«Ah! Le monstre est dans le

fossé! Il fallait y penser», songe Adam.

Guidé par la voix de son amie, le roi avance à pas feutrés. Soudain, devant lui, s'élève un nuage de fumée. C'est signe que la bête n'est plus très loin. Que faire?

— Tirez-la par la queue, elle deviendra mieux, chuchote Kimono.

— Merci! C'est une bonne idée, murmure Adam.

Malheur de malheur! Le dragon ne veut pas se laisser apprivoiser.

Dès que Sa Majesté tente de l'approcher, il donne de grands coups de queue. Il crachouille autant qu'une cheminée et une sorte de brouillard épais envahit peu à peu les lieux.

— Psitt! Adam, viens par ici, lui indique une fois de plus Kimono.

Dissimulée derrière le royaume en ruine, Kim tend une poignée de billes à son roi.

La fée doit avoir de véritables pouvoirs. On dirait qu'Adam possède deux cents mains. Oui! Mille doigts avec lesquels il projette ses munitions sur le monstre enragé.

Parfait! Le dragon s'empresse de tout dévorer. Adam lui lance aussitôt une nouvelle ration de boulettes de verre.

Oups! L'animal fabuleux en a assez. Il éprouve même de sérieux problèmes de digestion. Il tressaille, tressaute, toussote. Finalement, il expire en poussant un interminable râle.

Bien entendu, Adam n'a pas vu son père tirer sur le fil électrique. Fier de son exploit, il pose son pied sur le monstre terrassé. Puis il se risque à provoquer le géant:

— Ah! ah! Qu'est-ce que tu penses de ça, espèce de Katapult?

Zut! le géant n'est pas effarouché. Au contraire, il attrape Kimono, la jette sur ses épaules et l'enferme dans son château dévasté.

— Mon roi, mon roi! Au secours! supplie Kim.

Adam avale sa salive. L'heure du grand combat a sonné.

Le géant dépose son énorme sac à ses pieds. Il en retire une épée plastifiée. Plus rapide que l'éclair, il trace un premier coup dans l'air.

— Kapouigne! Kazow! Ping! Pang! Pow! fait-il en gesticulant comme un guerrier.

Le roi Adam se penche juste à temps et réussit à se faufiler entre les jambes du géant.

Katapult est furieux. Il saute sur ses grands pieds et fonce à larges enjambées sur son rival.

Adam ne peut ni reculer ni se sauver! Sans hésiter, il s'allonge par terre, retient son souffle et joue le mort. On ne sait jamais! Il paraît que ce genre de truc fonctionne avec les grizzlis.

De fait, le géant l'examine attentivement et finit par déclarer:

— Le petit roi est décédé! Bon débarras!

— Eh! proteste Adam, offensé.

Là-dessus, le roi s'empare de la fameuse épée. Puisqu'il ne sait où frapper, il vise le bout du gigantesque bottillon de son ennemi.

Touché! Katapult tombe à genoux en se tordant de douleur. Puis il s'écrase pour de bon sur le sol.

Adam devrait-il en profiter pour voler au secours de la fée? Non! Kim s'est déjà libérée et elle s'approche sur la pointe des pieds.

Le géant est à moitié enfoui dans les ruines du royaume. Immobile et silencieux. Quelle horreur! Il a le nez, les joues et le front tout barbouillés.

— C'est du... du sang? bafouille Adam.

Kim glisse son index sur la peau du blessé. Aussi experte qu'une infirmière sur un champ de bataille, elle déclare:

— Du sang qui sent sucré! Ce n'est rien... Rien que du ketchup!

La fée pouffe de rire. En guise de traitement, elle décide de chatouiller son patient. Évidemment, le géant est incapable de résister. Il se tortille comme s'il était couvert de poil à gratter.

Pauvre Katapult! Son supplice ne fait que commencer. Kim utilise ses talents de chanteuse pour improviser une ritournelle:

— Ka-ta-pult est une patate frite. Patate frite... Patate frite...

C'est tellement drôle qu'Adam oublie qu'il est le roi. Il se jette dans la mêlée et s'en donne à coeur joie. Sûrement un peu trop, selon le papa d'Adam. Et aussi selon Samuel, qui n'en peut plus.

— Assez! Arrêtez! implore-t-il.

Le géant enlève son capuchon. Une rivière de larmes inonde ses joues en se mêlant au ketchup.

— Ce n'est pas drôle. Je ne joue plus, braille-t-il en dévisageant Kim et Adam.

Là-dessus, Samuel se relève. Il ramasse son sac à dos et court se cacher dans le débarras, sous l'escalier.

— Non, attends! Reviens! lui crie Adam.

Trop tard! Le géant est blessé. Cette fois, ce n'est pas du cinéma.

5
Faire la paix...

Trente interminables secondes se sont écoulées.

La couronne de travers, Adam est recroquevillé sur son pouf préféré. Il ne peut même pas compter sur sa fée. Kim ne réussit qu'à défroisser sa robe fripée.

— On devrait peut-être demander pardon à Samuel, suggère-t-elle à mi-voix.

Adam hausse les épaules. C'est clair: il n'est pas prêt à faire la paix. Ni à reconnaître qu'il a exagéré.

De son côté, Samuel entrouvre

la porte du débarras et avance d'un pas.

— Je ne suis pas une patate frite, OK?

Adam voudrait répliquer au géant sans perdre la face. Cependant, il ne sait pas comment.

— C'est vrai. Tu n'es pas une… Mais tu as triché, risque-t-il.

— Oui! Je t'ai vu. Tu as caché des sachets de ketchup dans ta poche de pantalon, renchérit Kim.

— Ce n'était pas dans le règlement, précise Adam.

Le géant quitte sa cachette et vient se planter devant le roi et sa fée.

— Vous êtes trop bébés pour comprendre. Je me suis organisé pour que ce soit comme dans les films, les vrais.

Du haut de ses huit ans, Samuel ne se gêne pas pour montrer qu'il est aussi un savant.

Il explique que, d'habitude, les équipes de cinéma possèdent des camions qui mesurent deux coins de rue. Des projecteurs qui éclairent autant que trois soleils. Et surtout, qu'il n'a pas joué au blessé pour rien. C'était pour laisser la chance à Adam de prouver qu'il est un bon roi.

— Tiens, ça c'est intéressant, remarque le papa d'Adam.

— Si on reprenait la scène autrement? suggère Annie.

Les vieux parents du roi ont peut-être raison. En tout cas, ils ont l'air de savoir ce qu'ils font.

Le réalisateur, Alex, ramène ses acteurs sur les lieux du drame.

Puis il y va d'une proposition qui est aussitôt acceptée.

— Moi, je suis d'accord. Il me reste du ketchup, souligne Samuel, un peu fanfaron.

Le géant ne perd pas une seconde. Il se badigeonne le front, le nez et le menton. Il reprend sa position dans le royaume en ruine.

— Action! lance Alex.

Ce n'est plus le moment de rigoler. Comme la première fois, la fée Kimono se précipite auprès du colosse. Les yeux remplis de pitié, elle prend son rôle très au sérieux:

— Oh! mon roi! Tu dois sauver Katapult. Avec qui vas-tu t'amuser et te chamailler s'il disparaît?

Ébranlé par les paroles de la fée, Adam se penche à son tour

sur son terrible adversaire. Il observe Samuel, se mord les lèvres. Soudain, c'est plus fort que lui, il se sent vraiment désolé.

— Je ne voulais pas te faire mal. Tu es mon ami, confesse-t-il.

Le colosse agonisant se tourne alors vers le roi et dit, en gémissant:

— J'ai tout perdu. La bataille, la fée. En plus, je n'ai pas mangé depuis une éternité...

Samuel n'a plus besoin d'en rajouter. Adam comprend qu'un monarque bienveillant ne doit jamais abandonner un citoyen affamé. Surtout s'il s'agit de son géant préféré.

— Te sentirais-tu mieux si je t'invitais à mon festin, demain? propose-t-il.

— Promis? Promis? Je peux revenir? Même si c'est congé, ma mère travaille toute la journée à l'hôpital.

— Juré! réplique Adam, en plaçant sa main sur sa poitrine.

— À condition que tu ne déboules pas l'escalier, précise Kimono en ricanant.

Derrière sa caméra, la maman d'Adam se réjouit d'avoir tout capté.

— Bravo! Vous êtes tous les trois des champions, déclare-t-elle.

6
Plein le ventre! Plein la vue!

Dans le sous-sol, il y a eu tout un ménage de printemps!

Le royaume démoli est redevenu une simple collection de cubes. Le dragon anéanti attend une nouvelle vie dans le bac à recyclage. Et, au milieu de la salle de jeux, la table de ping-pong est recouverte d'une belle nappe brodée.

Pour honorer le nouveau décor, Adam a revêtu son costume de cérémonie. Bien entendu, il trône au bout de la tablée, entouré de Kimono et de Katapult.

— Vas-y, Kim, c'est à ton tour, indique le papa d'Adam.

Les yeux rivés sur la caméra, Kimono lève son petit doigt et prononce sa formule magique:

— Nappe, couvre-toi de bons plats. Tout de suite!

Parole de fée, quelques minutes plus tard, la table déborde de mets délicieux.

Le banquet ne comporte pas de dragon rôti. Mais il y a tout ce qu'il faut pour combler l'appétit d'un géant. Y compris du chocolat en quantité.

— Génial! déclare Samuel, qui dévore comme un loup.

— Oui. Il ne manque que des patates frites, rigole Kim.

— Bon, coupe Alex, tout le monde dehors pour la scène finale. C'est le moment de tourner l'entrée triomphale à la résidence royale.

* * *

Les mains dans les poches de son costume, Adam tourne en rond sur le trottoir. Il a beau zieuter à gauche et à droite, le géant a disparu…

— Où est passé Samuel? A-t-il trop mangé?

Non! Une fois rassasié, il s'est éclipsé pour aller porter ses cocos de Pâques chez lui. Il a confié à la fée qu'il reviendrait avec une surprise...

N'empêche qu'Adam commence à s'inquiéter. Pour passer le temps et rassurer son roi, Kimono l'invite à danser en chantonnant:

— J'ai un beau château, matant'tire lire lire…

— J'en ai un plus beau! trompette Samuel qui apparaît enfin avec un immense sourire.

— Oh! regardez! s'exclame Kim.

Au-dessus de la rue Des-Trois-Maisons flotte un énorme objet. Est-ce un ovni? Un cerf-volant?

Non! On dirait un immense sac poubelle gonflé d'air. Ou plutôt une sorte de montgolfière…

Adam est intrigué. Il sait que Samuel connaît des tas de trucs. Mais que manigance-t-il au juste? Et que cherche-t-il encore dans son éternel sac à dos?

Cette fois, le géant en retire une télécommande qu'il pointe en direction de sa création volante. Soudain, clac! L'espèce d'aéronef éclate et une dizaine de petits ballons multicolores prennent leur envol.

Samuel répète sa manoeuvre. Puis, clac! clac! clac! Les ballons crèvent à leur tour en libérant une jolie pluie de confettis.

Les yeux et la caméra tournés vers le ciel bleu, Annie n'en revient pas.

— C'est aussi beau qu'un feu d'artifice! murmure-t-elle à Alex.

Le papa d'Adam saisit le tube de carton qui lui sert de porte-voix. Il s'empresse d'annoncer:

— Vite! Action!

Aussitôt, le roi, la fée et le géant forment un cortège miniature. Ils se dirigent solennellement vers la porte d'entrée.

Tandis que des milliers de confettis se déposent sur lui,

Adam ne peut s'empêcher d'interroger Samuel:

— Comment as-tu fait ça? lui demande-t-il.

Triomphant, le géant se penche à l'oreille du roi qui l'écoute, tout ébahi. Son secret est pourtant simple: quand on veut faire plaisir à un ami, tout est permis!

Adam regarde son voisin et lui offre un sourire majestueux. Inutile de dire qu'il est le plus heureux des petits rois de banlieue.

— C'est déjà fini, maman? interroge Adam.

Oui! Annie tourne ses dernières images. Puis, quel dommage, c'est terminé!

7
L'écran des géants

C'est enfin le mois de mai. Les lilas, les tulipes, les pissenlits: tout fleurit partout.

Ce soir, Adam est vraiment énervé. Pourquoi? Eh bien, parce que c'est le gala de la SPIF.

La SPIF, c'est la Société de protection des idées folles. Justement la bande d'adultes qui a organisé le concours de vidéos. Et qui, dans quelques secondes, présentera le film gagnant dans une immense salle de cinéma.

Assis parmi les grands, bien calés dans leur fauteuil de

géant, Kim et Adam se sentent minuscules. Même Samuel a l'air d'un pou. Le coeur battant, ils attendent le début de la projection.

— Chut! Ça commence! chuchote Adam.

De fait, le noir s'installe dans la salle. Le temps d'entendre la fée émettre quelques *la*, *la*, *la*, Sa Majesté envahit l'écran. Évidemment, Annie l'a filmé en gros plan, pour souligner que ce qu'il raconte est important:

— Je m'appelle Adam et je suis un bon roi. La preuve? Je vais vous raconter comment mon pire ennemi est devenu mon ami…

À ces mots, le visage du monarque aux cheveux blonds disparaît peu à peu. Puis c'est parti!

Grâce à la magie du cinéma et au talent d'Annie, les images défilent à la vitesse d'un clip.

Les spectateurs captivés en ont plein la vue. Ils s'exclament en apercevant le royaume dans toute sa splendeur. Ils sanglotent lorsqu'il est anéanti.

Ils admirent les pouvoirs de la fée. Ils retiennent leur souffle ou se cachent les yeux quand le dragon passe à l'attaque. Ils se moquent de son indigestion.

Ils tremblent pendant le combat avec le géant. Ils sortent leur mouchoir pour pleurer son agonie.

Ils ont faim devant le banquet. Ils s'émerveillent de la pluie de confettis. Et, lorsque le mot FIN apparaît, ils applaudissent à s'en rougir les doigts.

Comme de raison, après la représentation, le film rafle tous les prix.

Samuel triomphe dans la catégorie des sacs à dos pleins de trucs. Kim est honorée pour ses chansons et ses petits cris. Du côté des têtes débordantes d'idées, le gagnant est Adam. Enfin, Alex et Annie sont déclarés meilleurs parents du monde.

Quelle soirée! Quel triomphe! À la sortie du cinéma, Adam, Kim et Samuel sont encore tout étourdis.

— Vive le roi! Vive Katapult! Vive la fée! clament leurs nombreux admirateurs.

Son calepin à la main, un journaliste parvient à fendre la foule en délire et à s'approcher d'Adam:

— Quelle est la morale de l'histoire? demande-t-il, un peu essoufflé.

Adam n'a préparé ni discours ni déclaration officielle. Mais, à bien y penser, il n'y a qu'une seule conclusion possible:

— Euh! Je crois que c'est plus facile d'être un bon roi quand les voisins sont heureux, déclare-t-il solennellement.

Et voilà! Quand il sera aussi grand que le géant, espérons qu'Adam s'en souviendra.

Tabl

Achevé d'imprimer
sur les presses de Litho Acme inc.

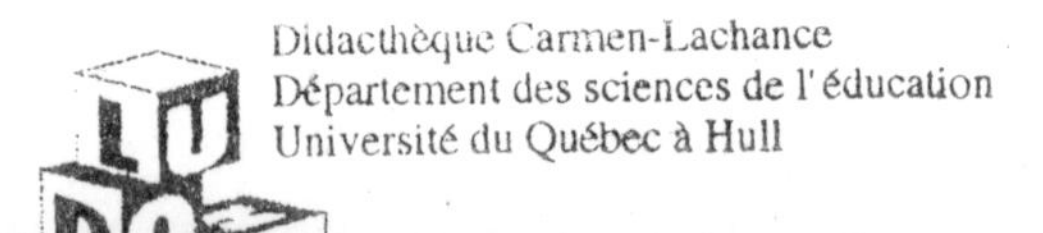